푸른사상 시선 175

목을 꺾어 슬픔을 죽이다

푸른사상 시선 175

목을 꺾어 슬픔을 죽이다

인쇄 · 2023년 4월 17일 | 발행 · 2023년 4월 24일

지은이 · 김이하
펴낸이 · 한봉숙
펴낸곳 · 푸른사상사

주간 · 맹문재 | 편집 · 지순이, 김수란, 노현정 | 마케팅 · 한정규
등록 · 1999년 7월 8일 제2-2876호
주소 · 경기도 파주시 회동길 337-16(서패동 470-6) 푸른사상사
대표전화 · 031) 955-9111(2) | 팩시밀리 · 031) 955-9114
이메일 · prun21c@hanmail.net
홈페이지 · http://www.prun21c.com

ⓒ 김이하, 2023

ISBN 979-11-308-2026-2   03810
값 12,000원

푸른사상
시선

175

목을 꺾어 슬픔을 죽이다

김이하 시집

푸른사상
PRUNSASANG

여섯 번째 시집이다.

이것도 쓰다 말고 저것도 쓰다 말고
남아 있는 글 쪼가리가 아직도 많다.

그래도 용렬한 재주로
이만큼 썼으면 됐다 싶으면서도
늘 성에 차지는 않고

다만, 이걸로
여러 동무들과 선배, 후배들과 어울려
술 한잔 마실 핑곗거리나 되었으면 됐다.

늘 챙겨주시는 주변 사람들과
피붙이 누이들과 형에게는
멋쩍어 죽겠다.

그래도 힘닿는 데까지
끼적거려 볼란다.

단기 4356년(서기 2023년) 봄
김이하

제2부 환한 봄 한나절

제3부 흘끔, 곁꽃이나 피우고

제4부   지극한 마음 하나로

꺾자

벗이여, 날씨도 이런데
한잔 꺾자

세상도 이런데
우리 한잔 꺾자

술이 목울대를 타고 내리면
슬픔이 무등을 타면

넘어오지 말라고
울지 말자고

꺾자, 한잔 꺾자
목을 꺾자

그리다 사라지다

먼 길 다녀온 지 오래다

그새 몸은 많이 늙었고

그리움만 잔뜩 부풀었다

가끔 먼 데 생각을 해보지만

윤곽만 어른거릴 뿐

아른아른 잊힌 풍경이다

이승의 것은 아, 득, 히

다 잊히는 중이다

예순 번째 겨울

네 마음 왔다 간 뒤
하얀 눈 내렸다

내가 모를 줄 알고
내가 정말 모를 줄 알고

발자국 감쪽같이 지웠으나
네 향기 아련하게 남았으니

미련인가, 네 마음 끝 붙잡으러 가다
내 마음 어디선가 아득히 뒹굴고

하얀 병실 링거에
덜컥 매달리고 말았다

늙은 집

사나운 바람 창을 흔들 때면
어김없이 앙다문 창마저 밀리고 틈이 벌어져
칼바람 스며든다

겨울이 오기 전
그 혹한을 어찌 견딜까 하는 불안에
틈이란 틈은 스펀지로 막고 테이프를 붙이고
이런저런 방비는 하였으나

늙은 집 허름한 매무새로는
아무 쓸모가 없다는 것을
저 완강한 바람과 한파 앞에서는
빈틈을 내어주고 만다는 것을

미처 몰랐다, 나처럼 늙어가는 집의 몸피
어서 춘풍이나 훈훈하게 불어오길
창을 열고 내다보다
시린 눈에 고랑물 흐른다

목을 꺾어 슬픔을 죽이다

저, 저, 저 파도 같은 울음에
밀물 같은 검푸른 눈물에
가던 길 비틀거리는
그 밤 뜬금없는 부고는
내 문간에서 다른 이에게 서둘러 가다 말고
처마에 축 늘어진 전선 줄을 따라
눈물 한 방울 동그랗게 매달아두고는
이내 정신을 추슬러 골목을 돌아나간다
나는 어쩌라고, 그가 떠난 골목을
물끄러미 바라보다 전선 줄에 매달린 동그란 방울이
툭 떨어진 순간, 이미 이 세상이 아니구나
정수리에 차갑게 박히는 그 순간
발밑으로 깊게, 아주 깊게 엎어지려는 목을
끝내 하늘로 꺾고, 하늘을 향하여 눈 치뜨고
눈물을 묻는다, 슬픔을 죽인다

슬픔의 지도

도채비불도 꺼진 사위스런 밤
슬픔에 젖어 잠 못 이룰 때
슬픔이 지나가는 그 통각 바깥으로
점점 말려가는 몸

아프지 않은 곳으로
피안을 찾듯, 춤을 추듯, 훠이 날아가듯
몸을 뒤척이다 보면
지렁이 몸짓에 모래알 쓸려가듯
따가운 바닥에 그려지는 무보(舞譜)

아픔도 슬픔도 지나간 애처로운 몸 사위
따끔따끔 통각을 피해 구부리다 펴다
몸을 굴려 돌아눕다 보면
등허리에 밴 고통의 피난 자국들
붉은 꽃잎 피어난다

어느 날 온전한 몸으로

저 숫눈 같은 길을 느긋하게 디딜 수 있을까
온몸에 새겨진 슬픔의 지도에는 없는
만화방창 꽃시절
그립다, 그리다 만 삶이여

가만히 늙어가다

기억에도 없는 갓난애 시절처럼
아무것도 모른 채 세월에 실린
토막처럼 뻣뻣해지는 생각과 한통속으로
이것도 아니고 저것도 아닌
식물도 동물도 무생물도 아닌
묵은 똥덩이처럼 어딘가는 파먹히고
남은 데는 딱딱하게 굳어가는
저 미물을 무어라 해야 하나
시골살이 하던 때 뒤뜰 고욤나무 흔들어
아무렇게나 주워 담은 고욤이 단지 속에서
그런대로 익었겠다 싶은데
검불이며 나뭇가지며 잡티 잔뜩 묻은 그걸
맛나게 핥아 먹고 한입 가득한 씨를 뱉는,
망연한 미물의 시간
방 밖의 바람은 혼자 성이 나서
소용돌이치는 겨울 저녁
신우대처럼 꽂히던 그 눈발
비뚤배뚤 새긴 꿈을 덮는다

기도(企圖)

내가 잠든 동안
열이레 달빛 찾아와
당신들 떠난 자리
밤새 들여다보았구나

삶이 아파 떠난
궂은 자리
피다 진 꽃들 스러진 흔적
그조차 아픈데

이제 곧 그믐이 오리라
나는 그 야음을 달려
지옥의 아가리에
내 머리 들이밀고 말리라

처참하거나
그렇지 않거나
나는 어떤 모습으로든
그 순간 사라지고 말리라

정신머리라는 게

오월이라 며칠 돌아다니다 집에 와 짐을 푼다
땀에 전 양말 따위 가방에서 꺼내고
전화기, 충전기 등 제대로 챙겨 왔나 살피니
양말은 가방 구석에 깊이 묻혔고
충전기는 짐 쌀 때와 다른 칸에 가 있다
온전히 자리를 지킨 것은 플라스틱 약병뿐이다
며칠 돌아다니면서도 미처 약 한 알 챙겨 먹지 못했으니
정신머리가 그렇지, 그렇게 얼이 빠져 나댔으니
틈틈이 마신 술에 뱃속은 상태가 좋지 않아
다만 집에 가서 발이나 쭉 뻗고 눕자 했더니
집에 오면 뻐근해도 몸은 멀쩡해지고
아직은 또다시 먼 길 떠나도 되겠구나 안도하며
술 한잔 따르며 다녀온 길 생각, 만난 벗들 생각하니
길섶에 지나던 모든 풍경이 눅눅하게 박여 있는 것을
벗하고 나눈 말도 그렁그렁 눈물방울로 스며 있는 것을
그러면서 다시 또 몇 번이나 다시 볼 수 있을까 하는 서글
픔이
가슴에 슬며시 안겨오는 것을 뿌리치려니

알 수 없다는 도리질뿐

챙겨 먹었어야 할 여섯 알의 약을 빼먹고도

아무 일 없이 돌아온 이 저녁

온전히 정신을 차리려 사진기 속 그림을 푼다

그날은 머지않다

어쩐지 양말이 쉬이 구멍이 난다 했더니
요새는 싸구려로 만든 탓이 아닌가 투덜댔더니
몸에도 자주 자잘한 상처가 났다
무슨 일인가 크게 생각하지도 않았는데
어느 날 가려운 등을 긁다 가시가 된 손톱을 보았다
이런, 내 배에 기름기가 뭉쳐 부어오를 동안
기름기가 다 빠져나간 손톱은 날을 세우고
가시가 되었으니, 내 몸 날카로운 가시가 돋쳐버렸으니
발톱 또한 무쇠솥 가장자리처럼 버석거리며
몰래 양말을 뜯어 먹고 있었다니
참 난망한 생이다

몸속의 뼈에는 얼마나 무시무시한 가시들이 엉겨 있을까
어느 날 그 가시 살을 찢고 나올 텐데
커다란 죽창이 되어 솟구칠 텐데
그날이 나, 죽는 날이지 싶다

겨울 오후에

겨울 수삼나무 그림자는
아직 오후 두 시다

남서쪽으로 흘러내리는 개천에
동북동으로 길게 누워
한겨울 가장 따뜻한 시간을 줍는다

나도 잠깐 곱은 손등을 쓰다듬으며
한때 살가웠던 애인의 살결을
가만 느껴본다

석양을 보는 내 그림자도
수삼나무 그림자 곁에 와 있던 것이다

그 저녁의 흔적

오래전 낡은 진공관 회로엔
짜릿짜릿한 100볼트 전기가 흘렀지
별로 놀랍지도 않게 따끔거리는 그 맛은
쏘가리가 물속에서 한 방 따끔하게 먹이고
고스란히 내 손아귀에 들어와준
그 기분과도 같은 그런 것이었는데
전기를 켜면 서서히 진공관이 달궈지며
소리가 명료해지는 저녁
난 도시의 담벼락에 펼쳐진
낡은 회로를 읽는다, 찌르륵 찌륵
가스관이 펼친 회로를 타고
시장에서 따라온 비닐봉지들이 주방으로 들어가면
코크가 열리고 버너에는
진공관처럼 맑은 불이 켜진다
버너 위에는 노란 냄비가 물을 안고
끓는 소리를 연주하겠지
그리고 허기를 달구는 냄새가 한동안 피어올라
행복한 저녁을 완성하겠지

짜릿하게 반주 한 모금 넘기며
아주 오래된 노래 한 소절
찌릿하게 가슴 적시는 그 저녁
다시 오려나, 홀로 아늑해지는 저녁

멀거니

호접란 두 가지
고개 꺾은 그림자처럼
어둔 벽에 나도 가만 드리우는 저녁
맥없이 누가 맘에 들어와
흐느적거리며 묻는다

장마 빗줄기는 남쪽 산하를 적시고
세차게 북으로 올라온다는데
여긴 아직 눅눅한 습기만
오도카니 저녁을 가둘 뿐

몸도 마음도 진득하니 기다릴 줄 모르니
담배 연기는 몇 줄기째 방 안을 휘돈다
그나마 바람이라도 몇 숨 들이쳐
희뿌연 연기 몰아가고

나는 그 물음의 답을 찾지 못하고
멀거니 표정 없는 그림자만 두고

호접란 꺾인 고개 밑에 시선을 묶고

맥없이 어깨를 털며

머언 먼 기억의 지푸라기만 꼬고 있다

퇴(退)를 놓다

지금 막 밥솥에서 뿜어 나오는 뜨거운 밥내는 등허리에
들러붙은 허기를 나긋나긋 풀어 달콤하게 어른다

밥맛뿐인가, 밥 한술에 얹어 먹을 콩잎과 젓갈과 겉절이
의 짜릿한 맛이 머리 꼭뒤에 상큼한 그림 한 장 펼친다

시골집 무쇠솥이라면 누룽지까지 덤으로 먹을 수 있겠지
만, 이 따뜻한 밥 한술만으로도 오늘은 몇 장의 오붓한 그림
을 그려볼 수 있겠다

그러나 밥을 푸다 말고 밥 한술 도로 밥통에 넣는다, 어느
날 뒤통수를 친 당뇨라는 병, 이제 여생은 모든 것을 되질하
고 저어해야 하는가

식사나 운동 관리, 합병증, 혈당 측정 등 귀찮은 일들이
자유로운 생활을 밀어내고 한순간 움츠러든 어깨가 암울한
그림자와 함께 들어앉는다

문득, 무너진 옛 집터에 나뒹굴던 사기 밥그릇이 눈에 삼

삼하다, 오랫동안 그 밥그릇에 담겼을, 얼굴도 모르는 주인
의 이력은 깨어져 날카로운 모서리에 베여 이미 사라졌겠
지만

쓴 입맛으로 뒤돌아보았을 어정쩡한 한 생의 기억 때문
에, 달콤한 허기 퇴(退)를 놓고 돌아앉은 저녁은 어둠만 깊
어가는 심연이다

엔드 크레딧도 없이

하루는 괜시리 슬퍼서
눈시울 가만 덮고 보냈지

감은 눈 검은 장막 위로
줄줄이 떠오르는 이름들
마치 영화의 끝
엔드 크레딧처럼 흘러가네

그래도 끝내 지우려 한 것은
나의 끝 장면, 죽음 이후
소름 끼치는 상상 여럿이 무감각한 뇌수를 핥는 듯
무거워진 내 몸은 더욱 깊이 침잠하고

거기서 그만
갑자기 드리우는 것은 어둠일까 빛일까
그냥, 그 후론 아무것도 없는
그것일 것

코로나19, 이후의 나날

지네에 물리듯 갑자기
마음에 상처를 입다 보니
어두운 광 속에 영혼을 가두고
급히 세상에서 멀어졌네

멀어진 세상을 흘기며 바라보는
야릇한 하루하루
웃음에선 광기가 사라지고
번들거리던 말에서는 확신마저 사라졌다

어쩌란 것이냐, 작은 바람도 가뭇없이 사라진
공허한 주문만 남을 여생
그 바람은 먼 허공에 남고
나는 오랫동안 여행을 떠나지 못했다

이대로 어느 날 사라진다면
광활한 우주 어디쯤에서 내 영혼
피안이나 얻을까, 티끌도 없이 가련한 마음도 없이
옛사랑 같은 떨림도 없이

적막한 생활

오랜 장마 끝에
매미들 울어쌓는 거 보니
비가 그친 모양이다

말짱한 한순간
짝을 지어 알을 심고
다시 어떤 세계로 가고픈 열망

내 전화기는
알지도 못하는 세계에서 오는
맹한 번호만 뜨고

오랜만에 떠오르는 그에게 전화를 하니
그 너머 사람은 병원에 누워
바깥사람을 걱정한다

매미들 떠나고 나면
한동안 싯푸른 하늘만 둥둥 떠서

병실의 창을 채우겠지

그리움만 잔뜩 묻은
구름장 띄워놓고
눈물만 울다 갈 모양이다

제2부

환한 봄 한나절

민들레 어머니

꼬불꼬불 돌아 나가던 동구 밖 길
어머니 노란 저고리 입고
장에서 오다 쉬던 길

어느덧 늙은 느티나무 사라지고
그 그늘에 앉아 쉬던 바위
그마저 어디로 가고

검고 기름진 아스팔트 길만
못줄 띄우듯 놓이고
그 어름 알 수 없네

빈 밭 가장자리 거기껜가 아닌가
흰머리 노인네 서성이며
바람에 머리칼 쓸어올리다

노란 민들레 고개 내민 길가
가만 앉아서 깨알 같은 꽃마리만 쓰다듬다
이슬 한 방울 떨구어주네

바우백이 이야기

바우백이 옛집 살 적에
나는 커다란 바위가 요람이었다
그 바위에 금성 라디오 올려놓고
〈김삿갓 북한 방랑기〉를 들었고
아폴로 11호 달나라 여행 소식을 들었다

바위에 올라서면
마을이 한눈에 들어와 차고
할머니 같은 둥구나무도 든든하게
눈을 가득 채워주었다

아버지가 고기 두 근 사 들고 돌아오곤 하던 신작로엔
간간이 자동차가 부연 먼지를 일으키며 지나가는 걸 보았던
그 바위 등에는
아버지와 형들이 해 나르는 나뭇짐이 쌓였고

할배 할매 사는 소막 붙은 아래채
아담한 지붕 위엔 또 커다란 넓적바위가

그 위엔 기름한 또 하나의 바위가
달밤에 박덩이를 안고 있었다

든든한 그 바위들처럼
아버지가 지켜주던 그 살림 무너지고
바위가 되고 싶었던 내 바람은
모래가 되어 가뭇없이 사라졌다
잠에서 깨면 생각나지 않는 꿈처럼

어느 겨울밤

한파를 몰고 온 눈은 언제까지 내리려나, 뜻하지 않은 선물을 받은 양 가슴이 부풀던 그 마음, 함박눈 펑펑 내리면 더욱 포근해지는 이불 속에서 군고구마 껍질을 벗겨 김칫국물과 함께 먹거나 눈 속에 묻었던 무를 꺼내 달챙이로 긁어 먹던 행복이 가슴 가득 차오르던 밤이었다

밤새 눈은 세상의 길을 막고, 제아무리 도둑이라도 이런 밤에는 어디 아랫목에 발목을 묻고 마냥 고즈넉한 마을에 발자국 어지럽힐 만도 다 묻어버린 솜이불 같은 밤이었다

달구장 가는 길도 토끼장 가는 길도 어디나 꽝꽝 막히고 나면 아무도 갈 수 없고 아무도 올 수 없는 빙야(氷野), 임처럼 얹힌 눈발에 제 가지를 부러뜨리는 감나무나 혼자 피리를 불어대는 문풍지나 아무도 외롭지 않고, 다만 포근한 이불에 안겨서 무슨 꿈을 꾸는지, 개도 삶도 소리 없는 밤이었다

밤은 깊어, 깊어도 밤새 뭉텅뭉텅 눈덩이를 끌어 덮는 산

도 들도 다만 하얗게 자지러지던, 밤똥이 마려워도 나가지
못하고 방귀만 이불 속에 뿜어 넣던 그런 겨울밤이었다

개망초 · 1

억센 어머니의 손 살아 있을 땐
밭가에 선 개망초
뻘쭘하게 먼 산만 바라보고 있었는데

언제 밭 한가운데서
꽃 피워보나, 근심 거두고 살아보나
그 바람은 뭉게구름처럼
둥둥 무심하기만 하였을 텐데

어쩌다 한가운데 자리 잡으면
뿌리까지 뽑혀서 밭가로 던져지고
낭창낭창하던 허리마저 부러져
무참하게 하늘만 흘겨보았을 텐데

그러기 몇 해 지나지 않아
마침내 어머니 고향 등지고 나니
그 휑한 빈자리

너희들 맘껏 구름 꽃밭 일궜구나

어머니 살아

끝내 못 이긴 세월

원수 갚듯 살아 방창(方暢)하구나

삵이 엄마

엄마는 밤마다 달빛 그늘로 왔어
싱싱한 닭을 물고 한참을 바라보다
돌아서는 뒷모습이 안쓰럽던 밤
난 할머니 등에 붙들려
엄마를 따라가지 못했어

새벽이면 괜시리 울음이 터지는 나를 업고
할머니는 방문을 열어젖힌 채
희끄무레한 보리밭 언덕을 향해 말했지
─저기 삵가지 간다, 달구 물고 간다
그러면 난 고요히 울음이 잦아들곤 했어

삵이 엄마, 난 엄마가 그리웠지만
그냥 사람으로 살아야 했어
미안해, 이미 사람으로 길들여진 나를
엄마 곁으로 끌고 가긴 너무 늦어버렸어
오래오래 슬픔의 응어리가 되어

한밤이면 깨어나 울며 엄마를 불렀지

그러다 사람의 엄마가 세상을 뜨고
불현듯 삵이 엄마가 돌아온 거야
이제는 삵이 엄마도 세상을 떠나
어느 숲에서 뼈를 묻고 도깨비불로 피어나는지
간혹 달 뜨면 그 숲을 휘둘러보았어

달빛 그늘로 닭을 물고 가던 삵이 엄마
삶이 우울할 때면 그 뒷모습 아슴아슴 떠올라
베개를 적셨던 거야, 팔딱팔딱 뛰는 염통 소리 그리운 거야
목젖을 타고 따뜻하게 넘어오는 젖을 빨며
혼자서 흥에 겨운 옹알이는
이젠 그리운 노래가 된 거야

마지막 선물

난데없이 전화를 받고 보니 억장을 쥐어뜯을 슬픔도 아득
함도 없이
간밤에 세상엔 없는 첫째 대신 둘째가 와서 다 끝나가는
한 생의 끝을 마주하고 있었던 게다

막내는 소주병 곁에 혼자 뒹굴고, 나는 멍하니 수그러진
신체의 빈자리를 찾아 머뭇거리고, 이런 판국을 어찌해야
할 줄 모르는 둘째는 입맛만 다시는
시작도 모르는 세상의 끝은 언제인가, 137억 년을 건너온
우주의 한구석에서 사라지는 그 순간마저 누구도 끝이라고
말할 수 없는 모호한 그 언저리

오로지 그 한 몸에서 일어날 어떤 신호가 우리가 따라야
할 말마(末摩)의 마지막 부름은 아닌가
순간 두렵고도 아찔한, 괴괴(怪怪)하게 헝클어진 생각과
가시덩굴과 같은 수만의 회리바람에 뒤덮여버린 머릿속

잔병으로 병원을 자주 찾지도 않았고, 술 담배도 즐기시

고, 치매도 없고, 아 밥을 잘못 드셨구나

　그래도 자식들 괴로워할 시간은 넘겨주지 않았으니 을스
산한 어머니의 생은 여기서, 다행으로

　이제 남은 자식들은 안도의 낯빛으로 즐거이 각자들 도생
할 뿐인가

　한밤중 전화벨 소리에 예민해지는 불안, 노심초사한 알
수 없는 시간 끝에 매달린 어머니, 스스로 그 줄을 놓고

　서낭당, 마을 앞뜰 고래실, 원촌 입구 논배미, 삼밭골 밭
떼기 다 물려주고

　첫째를 제일로 치더니 그걸 지키지도 못하고 무참하게 무
너지고, 가진 것 없는 자식들만 객지에서 전전긍긍하던 옛
궤적이 스르르 무너지는 새벽

　부고를 따라가는 고속열차 창가로 어머니 얼굴 떠오른다,
이젠 간다고 이 세상 훨훨 털고 가노라고

　고샅 모퉁이 한 송이 해가 볼록 피어오르는 물동이 이고

돌아오던 발길 에돌아가서는 그대로 산을 넘는 어머니

　파륜(破倫)인 듯 야릇하고 벅찬 선물에 붉어지는 얼굴에
덮씌워진 눈물도 동이에서 쿨렁거리며 쏟아지는 물길도
　달뜬 달음박질로 달음박질로 산등성이에 올라서야 숨을
모으는 동안 그악스럽게 틀어쥐던 아귀도 스르르 풀어져

　건너온 긴 시간은 거꾸로 굴을 지나다 산을 지나다 내를
지나고, 한때는 한 몸이었던, 언뜻언뜻 내 몸 같던 어머니
고운 얼굴 따라 어느새
　말갛게 떠오르는 고슬고슬한 햇살, 어쩌면 곰팡이 핀 눅
눅한 한숨까지도 고운 먼지로 모셔 갈 듯 환하다

감잣국 맛

장에 간 어머니
멸치 한 되 사 오면

감잣국 끓이면서
멸치 대가리 몇 개 넣었다

나도 감잣국에
멸치 몇 마리 넣어보지만

맛은 그 맛인 듯하나
지금은 맛없는 맛

그 멸치 똥 발라 훔쳐먹고
남은 멸치 대가리

어쩌면 그 맛인가 싶은데
어머닌 다시 못 오신다

잃어버린 봄

예순 해 넘게 살았으나
해마다 오는 봄을 다 보지 못했다
아버지가 떠나던 그해 봄을 잃었고
공장살이 몇 년 또 몽땅 잃었다

봄은 어디에도 없었던 그 시절
기억은 어둡고 칙칙한 골방에 갇히고
어렴풋이 찾은 봄도 오래가지 않았다

매화, 진달래는 어디서 피고
꾀꼬리는 어디서 울고 있던 것인가
작은 제비꽃은 어느 틈에서
피었다 지던 것인가

꽃놀이 한번 가보지도 못하고
뿔뿔이 흩어진 가족들
이젠 다시 볼 수 없네, 어느덧 사라진 봄날
그 얼굴들 다시 볼 수 없네

그날
― 아우 제삿날이었나

봄이면 꽃으로, 여름이면 더위로
스스로 환각에 빠진 듯 헤매던 것이었는데

미친 듯 환장한 듯 죽을 듯이
세상 끝으로만 팽창하고 싶은 것이었는데

오늘 아침 집 앞을 나서다가
과학수사팀이 어느 집에서 나서는 걸 보았는데

순간 검은 천으로 가려버린 골목 저쪽에서
눈빛 하나 염천에 갇혀 스러진 것 같기도 하였는데

전기에 찔린 듯 살갗이 오므라드는
슬픈 목소리 들리는데, 슬쩍 나도 아프다가 아닌 듯 묻고

밖으로 나서는 길 내내 나를 따라나서는
그 여름 네가 떠난 그날이, 오늘이겠구나

쓰지 말았어야 할 문장

그 한 문장은 쓰지 말았어야 했다
'너는 죽고, 나는 살자'
너를 생각하면서 가슴이 아려
무심코 흘러나왔던 그 문장을 적을 때
너는 이 세상을 떠나고 있었던가
손 한 번 흔들어주지 못하고
그 말을 뱉어버린 나의 혼은
이미 너와 결별을 작심했던 것인가
아무리 해도 알 수 없는 그날
나는 누군가를 만나
오래 여윈 삶에 술이나 한 잔 부어주자고
마악, 한 모금 들이켤 때
너의 목소리가 아닌, 너의 죽음을 알리는 목소리
들었다, 슬픔과 후회와 온갖 쓸데없는 짜증과 무력감이
그 순간 내 몸에 스몄다, 음습한 저주의 주문(呪文)
'너는 죽고, 나는 살자'
역류하듯 되살아오는 그 말
나는 정말 쓰지 말아야 할 한 문장을
너에게 보내고 말았던가

돌아보다 · 1

한 생은 쫓기고
한 생은 쫓아가고
한 생은 느긋한
그런 곳이 있다

왜가리 날아든 개천
피라미는 숨다
부리는 쫓다
그래서 집게 같은 부리에 몸뚱이가 집히고야 마는,
잉어는 느긋한 그곳

월세방 문을 열고 나오며
소라게만도 못한 채신머리 어쩌지 못하고
부리에 집혀 바둥거리는 피라미를 보면서
자본의 아가리에서 버둥대는
못난 생을 보는 것이다

오래전 풍경

얼마나 오랜만에 맞는 봄인가

또 얼마나 오래전에 본 풍경인가

마당에 양은솥을 걸고 닭을 삶던 그날

다시 불을 지펴, 양볼에 가득 머금은 웃음

두 손을 맞잡고, 가슴으로 안고, 볼을 부비며

이제 암울하고 슬픈 얘기는 하지 말자

고단한 허리, 무거운 어깨, 죽지 못해 사는 얘기 또한 묻

어두자

저 닭이 익어서, 인삼과 함께, 찹쌀과 함께, 마늘과 함께

푹 익고 풀어져서 뽀얀 웃음을

오후의 쨍한 햇살만큼만 펴주었으면

하고, 묵은 녹을 썩썩 벗기고

얼마나 오랜만에 걸어보는 솥인가

평상을 쓸고 닦고 마당에 물을 뿌리며

오랜만에 동생네 집에 모였다

그래서 기꺼이 환한 봄 한나절이 되었다

그러나 여전히 술잔 깊이 쓸쓸한 그림자 드리운 것은

문득, 입맛만 다시며 눈물 그렁한 얼굴로 돌아보는 것은

눈그늘에 서성거리는 그들
다시 오지 못한 옛 식구들 때문이다

검은 길

해도 지고 집으로 돌아오는 길
앞서가는 여인 곰살맞은 말투는
괜히 푸르싱싱하다

먼 데 사는 어린 손녀와 통화하는가
사랑해, 나도 사랑해
거듭 그 말을 주고받다 전화를 끊더니
갑자기 구멍 난 풍선처럼 한숨이 샌다

—세상 걱정 없는 일이 어디 있을라고
—언제 걱정 없이 살아보나
—언제 한숨 없이 살아보나
—이래저래 걱정, 휴—

푸르싱싱하던 마음은 갑자기 빛을 잃고
가던 길 휘청이는 저녁, 나는
빤한 언덕을 한참 아득하게 바라보다
기우뚱거리는 발을 끌며

겨우 돌아오는 검은 집

이제는 전화 한 통 할 수 없는 어머니
잘 계시는가, 이내 따라간 아우도 잘 있느냐
어떤 별빛도 건너지 못하는
이 저녁 하늘은 검다
내 길은 그리도 검다

양말 짝을 맞추다가

양말 십수 켤레를 빨아
쨍한 볕에 말려놓고 보면
아뜩하다, 이 짝들을 어떻게 맞출까

색깔 맞춰 먼저 추리고
그다음 복숭아뼈쯤에 새긴 문양을 맞춰 추리고
목이 늘어진 상태를 보고 또 맞추고
그래도 긴가민가하는 놈은
길이로 맞춰보고

그래도 가장 힘든 것은 색깔로 맞추는 것인데
어느 한쪽은 좀 바랜 듯한데
어느 한쪽은 너무 생생해서
짝이 아닌 듯싶어 난감하다

내 그리 살다 아무 짝도 맞추지 못하고
십수 켤레의 양말처럼 헐거운 목을 건덩거리며
에휴 ― 탄식이나 내뱉다가

끄덕끄덕 빛바랜 생각들 깁다가

한잔 술에 까무룩 잠들었다 깨나면
방바닥에 양말 짝처럼 나뒹구는
다 삭아버린 내 몸뚱아리
다시 며칠 고뿔이나 앓을 거다

내 마음에 집 한 채

이리 늙도록 나는
집 한 채 가지지 못했으나
내 마음엔 오래된 집
한 채 있네

마을 어디에나 집 짓는 곳이면
하루 종일 쭈그리고 앉아
목수가 나무를 자르고 다듬어 기둥을 세우고
중방을 지르고 네모난 틀을 이루었을 때
나는 비로소 일어나
그 틈새로 보이는 하늘과 구름과 새를
내 안에 들였네

서까래를 얹고 벽에 섶을 넣고
붉고 고운 흙을 이겨 붙이고 맥질하고
치마폭 같은 지붕을 이었을 때
느긋하게 비를 얼러 보내고 눈 더미 포근히 업고
아담한 풍경을 들인 뒤에야

비로소 내 가족의 꿈을 꾸었네

그러나 끌로 쪼아낼 나무토막 하나 없이
그 집에 들일 가족도 없이
공연히 깊은 마음에 집 한 채 품고
애먼 길만 돌았네

초가을

쓰르라미 쓰르르르르
늦여름 쓸고 간 오후 네 시
몽개몽개 피던 구름도
하늘가에서 한참 서성인다

앞집 감나무와 대추나무에는
엷은 홍조 띤 열음들
그새 잎 사이 얼굴 내밀고
한껏 해바라기해도 따갑지 않은 때
달콤한 윤기 한층 빛나는 때

나도 그늘에서 나와
푸석한 얼굴 비쭉 내밀고
햇살 한 호흡
가슴 깊이 빨아들인다

─이게 살맛 같다

그래서 가슴이 한껏 뜨거워지는

그 한때, 아무 생각도 없는 생시(生時)
가슴 한복판에 툭 떨어지는
물방울 하나 느껍다

제3부

흘끔, 곁꽃이나 피우고

당부

어느 날 한 녀석이 다리를 질질 끌며
버스 정류장까지 따라왔다

내 담배 연기를 따라왔던 것인데,
그 녀석 용건은 담배 한 개피

며칠 뒤 마을 우체국 다녀오다
담배 한 개피 물고 앞을 바라보니

−석봉이한테 담배 주지 마시오

코로나19로 찾는 이 없는 무료 급식소
먼지만 뒤집어쓴 냉장고 옆 다리 기둥에

아주 단호하게 새긴 글씨 쳐다보다
뜨끔, 담뱃불에 손이 델 뻔했다

그 때문인지, 석봉이는
오래오래 나타나지 않았다

오빠네 국수집

한참을 개시도 못 하고
혼자 국수물 끓이더니

고치는 남자들, 머리에 힘주고
모두 썰렁한 시장 어귀

엊그제 서성이던 식객
오늘은 안 오는가

차마 흘끔거리며 지나가는 귓가에
사르륵 빗장이 걸린다

문 손잡이에 끼인 지로 용지
꾸깃꾸깃 몸을 마는 동안

앱 지도에서 사라진
멸치 국물도 식어버린 그 집

하필이면 코로나19 시국에

문을 열어 문을 닫고

아쉽게 입맛에서 사라진
오빠네 국수집

참 좋은 시절

수수꽃다리 향기 지나간 골목
함지박만 한 그늘이 지자
할매 두셋 모여
우세두세 이야기꽃 피운다

대문 앞 담벽에 기대어
한 뼘 돗자리에 두 발 뻗으면
평생 건너온 세월이
바람과 함께 힌달음에 흘러가고

지나간 꽃시절은 어느새
마른 몸을 잦히거나
앙상한 손으로 손뼉을 치면서
허망한 웃음으로 피어나
눈가에 이슬 그렁하구나

잎만 무성한 수수꽃다리 그늘은
할매들 한나절 인생판으로 알맞춤하고

서녘으로 기우는 햇살은

무심한 듯 발걸음 건드렁거리며

흘끔, 곁꽃이나 피워보는 것이다

봄날

매화 벙그는 그늘에
지나가던 늙은 두 여자
가만 서서 속삭이네

갓 터질 듯한 봉오리가
더 사랑스럽다고

입맛을 다시며
다 지난 처녀 때 기울 보듯
한참 머물다 가네

무상

봄이 왔다더니
벌써 가버렸고

목련은 피었다더니
흔적만 적적하다

병 다 나아서 온다던 그 사람도
끝내 소식 없구나

아직 삭은 대궁을 흔들고 있는
저 갈대도

새순에 까마득히 묻히고
세상 아득히 스러지리라

백로 다리는 누가 부러뜨렸나

한때 가볍던 날개를 퍼덕이며
물가로 가보지만
가는 다리는 외다리
옛날 같지 않구나

물길은 더 깊고
물살은 더욱 드세어진 것 같고
뻐근한 날개는 왜 이리 무거운가

든든하던 땅은 물컹거리고
가볍던 바람도 물먹은 솜이 되어
걸을 수도 날 수도 없는 한 뼘 건너
꿈틀대는 물고기 떼
좇을 수 없구나

팽팽하던 삶의 의지는
하늘로 솟구치는 비닐봉지를 바라보는
시선 끝에서 꺾인다

어둑해진 하늘

빛은 수만 갈래 흩어지는데

그 사이 숨 하나 놓을 곳

없구나, 산 자여

홍매도 홀로 핀다

순환도로 고가 다리 옆에 비집고 앉은 무료 급식소
언제 다시 열릴지 모르는 어긋난 철판 가림막 앞에
버린 의자들 주워 모아 얼기설기 앉은
코로나19에 주눅 든 허름한 그림자 대여섯
여기저기 골판지 박스 주워다 깔고
장기판을 벌이네, 어쨌거나 삶은 사람 사는 일이니
이렇게 다소곳이 모여서도 조금 지나면
몸이 달고 입술마저 달싹거리며 손짓까지 거들고
서로 얽히고, 설키고, 판을 휘도는 제각각 비람도 원망도
한 무더기 흙바람에 휩쓸려 간 봄날
그 옆엔 늘상 그들을 받아주던 평상이
함께한 세월의 켜를 이루듯 포개어 있으나
그걸 다시 펼 수는 없네, 코로나19 방역 때문에
모든 게 허물어진 그런 시절이네, 풀기 없는 사람들 하나
둘
그 곁에서 사라지고 안 보이는 새
갈 데 없어 다시 그 자리 서성이는 우울
봄꽃이 피었다 하나 꽃구경은 심드렁하고

공터에 혼자 꽃눈 붉히던 홍매도

언제 피었는지, 언뜻 붉었던 하늘인 것도 같더만

사르락사르락 홀로 지는구나

학은 길의 말씀을 듣네

하루 몇 말의 말을 뿌리던
때가 있었다

껍질도 까지 않은 거친 말로 하루를 채우고
술로 기름을 부으면 거친 말은 불꽃이 되어
밤거리를 날아다니던
한때가 있었다

다 지나간 일이다
지나고 보니 지금 내 모양이
타고 남은 재 같다

그러나 슬픈 일도 아니다
한때 그 시절 지나고 보면
부질없기는 매한가지

말 몇 말이 뿌린 대가는 뼈아픈 후회로 남겠지만
한 홉의 쌀로도 흡족한 지금 하루는

한 홉의 말도 넘친다

마냥 침묵하며
허공중의 말에 귀 기울이며
오래전 할아버지 모습으로 늙어가는 것

그분은 오로지
대나무 가지가 끌리며 내지르는
먼지 속의 말을 고르며
삼백 리를 오가던 학이었을 것이다

밑을 낮추다

쇠백로 한 마리 겨울 볕을 쬐다가
슬쩍, 가는 다리를 굽히고 밑을 낮춘다

도랑 얼음 속으로 물이 흐르는 동안
거리낌 없이 먹고 즐길 물고기가 사는 동안
자연의 사슬은 아직 평화로우니

먹이를 향하여 부리를 겨누고
작살로 찍듯 재빠른 솜씨로 물고기를 집어 올려
버둥거리는 그것을 삼킨 후에는
한껏 뻐근해져도 좋으리

일찍 몸으로 터득한 먹고 싸는 법칙에야
무엇이 옳고 그를 것인가
다만 한생을 끌고 가는 울음소리
빈 가지를 흔들다 자지러지는데

벗들 소식도 뜸한 한겨울

흰 눈 펄펄 날리는 하늘 속으로
나도 얄팍한 마음 한 가닥 드리우고
팽만한 배를 만지며 밑을 낮추어 보니

부디, 저 봄날 매화처럼
살가운 꽃가지 하나 걸고 싶다는
수수한 그리움 피어올라
밤새 화폭 위에서 몸 뒤치락댄다

시가 무섭다

요즘, 시를 생각하면
살갗이 가렵고 얼굴이 붉어지고
눈은 먼 산 어디도 아닌
더 높고 먼 하늘 저 끝에서
오갈 데 없는 짐승처럼 떠돈다

일찍이 삶의 우듬지를 잃고
근근이 한 가지 살아
울음의 줄기 가릴 만큼 커 올랐으나
그 가지 부러지니
휑한 들판 나뒹굴듯
참, 어찌어찌 살아봤으나

바지랑대 없이 늘어진 빨랫줄처럼
내 아랫배는 늘어지고
시 한 줄 걸 때마다 출렁거리는 삶은
이미 삭아버린 듯

생각도 무거워 늘 체머릴 흔든다

날이 갈수록 시가 무섭다
입에서 뿜어져 나오는 생각 없는 말보다
생각하고 다듬어도 가녀린
시의 목숨이 간당간당하여 비루해지는 아침
어느새 흐르는 눈물 감당 못 한다

그 날개 땅에 묻다
— 홍제천 산책

봄이면 한파 끝에 외풍이 설설거리는 날
다만 햇살이 좋아서가 아니라
좁은 방에서 웅크리고 있기가 뭣해서
이천 몇 걸음 밖으로
개울 따라 걷는다

작은 다리 하나 지나고
또 지나고, 햇살이 지지고 있는 자리
개울엔 아직 얼음덩이기 들러붙었는데
그 곁에 죽은 왜가리 한 마리
고요히 누웠다

그 수많은 무덤 곁을 지나왔는데도
몇 번의 임종을 지켜보았는데도
저 미동조차 할 수 없는 풍경은
언제나 살이 저리다

왜 나느냐 묻지 않아도

왜 죽느냐 묻지 않아도

머릿속엔 항상 그 말들 떠나지 않는데

그 답은 늘 적막하다

물살을 뒤집어쓰다

— 홍제천 산책

오리 물갈퀴가 갈라놓은 물살은
다시 살을 오므리고 결을 잇는다

뒤집힌 물의 살에서 느껴지는
하얀 결기를 보노라면

세상의 그 어떤 침탈이라도
어림없다는 듯 쓸데없다는 듯

다시 철망 무늬 물살을 이루고
가을볕을 맘껏 들이키는 오후

그 물살 내 얼굴에 얼비치며
비린내 나던 한 시절 스쳐 간다

오락가락 소나기

늦은 아침을 먹다
눈물을 쏟았다

무슨 일인지 알 수 없다

먹구름 이고 선 산이라면
무슨 까닭 있으련만

풍파에 씻긴 바위처럼
헌 몸으로 맞는 아침

오락가락 소나기에 젖는다

그래도 무슨 까닭 있으련만
눈앞이 흐려 알 수 없다

달빛 지우기

알맞춤한 술기운으로 돌아오는 길
달은 산등성에 날름거리는데
길가에 버티던 사내 숨을 죽이고 스러진다
냇물에 어리는 달빛의 혀를 줍는가

굽은 길 돌던 자동차 불빛이 탐조등처럼
그의 낮은 어깨를 스치고 지날 무렵
와락 무언가 쏟아내는 소리
지구의 자전마저 감당할 수 없는 듯
엉기적거리다 뿜는 어둠 속 비린내

나는 무관심한 채 멀리 지나쳤으나
그가 울음을 게워내는 것을
생애 모든 것이 뒤집히는 고통을
땅에 부리고 있다는 것을

다시 또 하나의 자동차 불빛이
굽은 길을 돌 때, 달은 이미 이울어

그의 어깨는 보이지 않고
차가운 바람만 내 등허리에
무겁고 깊은 숨을 얹는데

나는 잠깐 집 잃은 사람처럼
내 속의 비린내를 뱉으며
흐린 별만 헤고 있다니
눈물 훔치고 있다니

장기판의 졸들

봄이 오자마자 달려 나온
코로나19가 설친 지 몇 달인가
그사이 봄은 자지러지고
살구꽃, 복사꽃, 앵두나무꽃, 벚꽃 우세두세
담 안에 피고 길가에 피고
공원에 흐드러지다 또 봄이 갔겠는데
멀리 꽃구경 가는 설레는 자가용도 지나지 않는
홍은고가도로 밑
차가운 방바닥을 내치고 나와
너덜너덜한 장기판을 차린다
왼장기, 오른장기, 포장기, 차장기, 마장기, 상장기, 졸장기
—장이야, 장 받아라!
장기판 졸보다 못한 그림자들
멀거니 조는 듯 판을 읽다 화들짝 깨어
—코로난지 입으로난지 그건 언제 가나?
—알 게 뭐야, 그러다 가겠지.
난감한 듯 시답잖게 받는 둥 마는 둥
가만 눈 씀벅거리는 찰나
졸 하나 떨어졌다

복사꽃은 피지 않는가

건너편 언덕 능선에 서로 등 대고 있던 집들은
재개발인지 재건축인지, 욕망의 아가리로 쏠려 가고
캐터필러, 굴삭기 같은 괴물들이 등을 까내고
개미 떼 같은 덤프트럭들은 그 아픈 등 껍데기를 싣고
어디론가 달려갔다, 지축을 뒤흔드는 땅 울음이
밤잠 설친 늦은 잠마저 빼앗아가는 나날
저 건너편 풍경이 낯을 바꾸는 하루하루를 견디면서
그 집들이 피워내던 저녁 풍경이며
간간이 꽃가지가 발산하던 희미한 향기며
옥상에 깃발처럼 펄럭이던 풋풋한 사람 냄새가
문득문득 그리워지는 고향 같았는데
어쩌면 멀어서 보이지 않던 숨은 눈동자들
복사꽃처럼 알긋발긋 피어 있던 것도 같은
잊힌 그림은 오래도록 가슴에서 맴돌이하는데
어쩌면, 다시는 그 언덕 능선에 피지 않을 것 같은
땅이 꺼질 듯한 나락을 더듬는 마음이여
아직도 그 마을 복사꽃을 보는가
그 꽃가지 흔들며 향기롭던 고향길 걸어가는가

제4부

지극한 마음 하나로

설교(說敎)

한 꽃이 또 한 꽃에게
마음 기울인다

박하 같은 향이 오가고
한없이 타올라도 좋은 어떤 때여서

한 꽃이 또 한 꽃에게
몸 기울인다

어느 찰나
한 몸으로 쓰러진다

그러나 이렇게 긴 찰나는
천추에 새긴 그리움이다

그 봄에

논 다랑이마다 물 가득 가두고
벼 포기 꽂을 날을 세고 있었던가
라디오 뉴스 특보에 까무라쳐
어수선한 꽃자리 뭉개고 있었던가
오월이랬다, 논밭둑 무성한 푸름에 혀를 감춘
독사들 똬리 틀고 앉은 찔레 넝쿨 아래
붉은 찔레순 무덕지던 봄
아, 보리밭의 욕망이 불끈 솟구쳐 오르던
좃대강 같던 봄밤이여
불살이 불덩이 같던 몸부림 속에
핑 – 총알처럼 들어와 박히던
그러다 고꾸라지던 사랑이여, 불꼬리 달고 사라지던 희망
이여
어디로 가는가, 어디로 흩어지는가
아득한 하늘 끝으로 날아올라 사라진 불꽃
봄밤에 끌려가던, 떨리는 마지막 눈꼬리
기억이 나지 않아, 사라진 그 봄
진달래, 만산(萬山)을 기어오르듯 눈 발간 여우불에

까맣게 그을린 길만 남풍에 밀려

언덕배기를 넘고, 깜깜한 그 너머 어디로 가고

까마득히 묻힌 세월, 뒤얽힌 거미줄 헤집고

어떻게 건너왔던가, 너는

살아 있던가, 살았던가

코로나앓이

세상이 심상치 않다
언제 술 한잔하자던 말이
어제가 되기 일쑤고
단단히 벼르던 일들도 어김없이
그날만 되면 급한 일이 생겨버리니
난망하고 황망한 게
한두 번이 아니다

아예 약속이 없는 날들
그날그날 살아 있는 사람끼리
얼굴이나 보고 낄낄거리면서
제 속의 우울이나 까뒤집으면서
또 한 번 자지러지고
어느새 눈가에 맺힌 그렁한 눈물 한 방울
쓰윽 훔치고 피식 웃으면서
못난 생을 미안해하는 것이다

목탁새

밤마실 나오다 들었다
낭랑한 목탁 소리
땍때구르르르, 심장을 파낼 듯
견고한 부리의 힘으로
경(經)을 새기는 딱따구리
오목새김으로 새긴 굴의 문자들
간간이 바람이 실어다 주는 그 말씀
휘유ㅡ, 휘유ㅡ
산 자의 안도인가, 죽은 자의 넋풀인가
세월은 쉽사리 언어를 허물고
딱따구리는 새로운 경전을 새기지만
늘 그것은 산 것의 노래일 뿐
비바람과 세월이 수없이 휘몰고
딱따구리가 새긴 삶에서 죽어간
벌레들의 몸부림, 죽음의 노래는 누가
기억하는가, 망각의 덫에 걸린
기억은 언제 돌아오는가
문밖을 서성이는 형형한 눈빛
불꽃의 심지는 아직 남았는가

절벽강산(絕壁江山)

지금은 만나지 말자

코로나19, 그 기세가 뻗치는

이 살 판에서

우리는 알던 사람일 수가 없다

그리운 사람일 수가 없다

이래도 되는 걸까

저어하며 마음 아파하면서도

거리는 어느새 지평선 끝보다 멀어져

돌아갈 거리를 가늠하지 못하고

가까이할 때가 언제인지 까마득하다

다만 행복한 한때가 있던

그 시절을 그리며

주춤주춤 한산한 거리 한쪽으로

걸음을 옮겨도 보지만

위안거리는 어디에도 없고

밤하늘 초롱초롱 별빛만이 부러워서 슬프고

보이지 않는 기세에 가로막힌

내가 한없이 초라하고 가엾어서

그대들 불러보나

기척도 없이 사라진 시절

오갈 데 없는 걸음 서성이는

지금 여기는 어디인가

잉어 네 마리

물살이 햇살을 안고 뒹구는 가을날
세상 사람들은 코로나19로 꼼짝도 못 하고
죽어야 하나 살아야 하나
머리맡에 걱정을 쌓고 사는데
잉어 네 마리 마실 나와
뻐끔담배나 피우듯 벙긋거리는데

어느 한쪽에선 불순한 거액이 오고 가도
온정이라고 봐주고 어쩌고저쩌고 봐주고
사람들의 분(忿)을 일으키는
어처구니와 터무니가 뒤엉켜 나동그라지는
그 현장은 내 삶의 현장이 아니라

뉴스는 달을 가리키는 손이거나
이상한 습관을 가진 목이거나
그 상황과 맞아떨어질 수 없는 사실을 보여주는
현장을 또한 개탄하며, 퉤─

침 뱉는 현장을 드러내고

지상에서 지하 창문 속을 들여다보는
저 눈빛들, 저 세상은 이승이 아니라
저세상이 되어버린 현장인데
흉측한 해골의 앞면을 비추는 그 현장은
폭우에 쓸려 간 한때의 눅눅한 거울이다

잉어 네 마리 마실 나와
뻐끔뻐끔 모래를 핥아버리고는
하늘 비추는 물살에 흠칫 놀라지도 않고
구름 한 점 순식간에 삼켜버리는 현장은
다시 평평한 물살로 덮이고야 만다

비닐에서 소리를 꺼내다

오래전부터 짐으로만 왔다 갔다
한구석에 불편하게 처박혀 있던 LP 판이
눈을 동그랗게 뜨고 있는데
이를 모른 체할 수 없었다

마침 주머니가 아주 달랑거리는 건 아니어서
조금 싸지만, 그런대로 들을 수 있을 듯한
턴테이블 하나 사서
조심스레 오래된 판을 얹는다

김현식, 김광석, 모차르트, 딥퍼플, 휘트니 휴스턴, 파트
리크 쥐베, 변진섭, 차이콥스키, 헨델, 조지 윈스턴, 이미자,
스모키, 금과은, 비틀스, 박인희, 블론디, 다이어 스트레이
츠, 잉위 맘스틴, 수지 콰트로, 다섯 손가락, 김트리오, 앤
머레이, 데미스 루소스, 비발디, 이 무지치, 조용필, 존 바에
즈, 알란 파슨스 프로젝트, 브리트니 스피어스, 캐롤 킹, 머
라이어 캐리, 퀸, 신중현……

소리 죽인 비닐 속의 소리들

끄집어내어 쟁기로 골을 타듯
소리골을 따라가니 막힌 소리들 환성처럼
터져 나온다, 그러다 가끔 목이 메는지
덜컥거리는 저 무너진 골짜기
비닐 밭에서 한 줄기씩 되뇌는 소리

그래도 괜찮다, 아무렴 이게 어디라고
형편없던 야외 전축 찢긴 소리도 달가웠는데
소리의 골을 타는 바늘을 그윽이 바라보며
아련한 추억에 흠뻑 젖어
일요일 하루 몽땅 털어주었다

엔젤을 보았나?

입추가 왔는데도 집 건물이 후끈후끈 달아
뜨거운 열기나 식으면 돌아오자고
마실 나갔다가 돌아오는 골목
저만치서 마스크로 입 코를 가린 얼굴이 반갑게
알은체한다, 잠깐 머릿속을 뒤져보지만
내가 아는 건 이 마을에 아는 사람이 없다는 것
그런데도 그는 얼굴을 바짝 내 앞에 들이밀고
나는 누구냐고 얼굴을 뒤로 빼고
엔젤이라고, 자길 모르냐고 눈을 동그랗게 뜬 얼굴
나는 단연코 고개를 저었다, 엔젤이라니!
덥석 내 손을 붙들고 교회에서 만나지 않았느냐고
그러나 나는 그 손 뿌리치며 손사래를 치고
그녀는 교회를 가리키며 저길 나오라고
난 안 간다고, 손을 뿌리치며 뒤도 돌아보지 않고
그녀와 멀어졌다, 코로나19 이후 일어난 해괴한 일이라고
몇 번 생각하며 고개를 절레절레 흔들었다
밤이 새도록 내 창 한가운데를 채워 넣는 십자가
잠에서 깰 때마다 몇 번씩을 보지만

도무지 정나미가 붙지 않는 언짢은 몰골이

또 한 번 입과 코를 가린 엔젤과 겹치며

몸을 부르르 떠는 새벽 화장실

내 도리질은 또 한 번 그를 거부하는 것이다

그의 나라는 이천 년 전에 사라진 폐허일 뿐이다

붉은 진달래

그대도 알고 있었으리
봄 산에 진달래 붉으면 그보다 먼저
눈가에 붉은 꽃 핀다는 걸

그 꽃 무더기 아래
고운 아기 묻고
먼 산 바라보면 그 아기 붉은 웃음
아롱아롱 피어나는 걸

오래전 전쟁 나간 그 사람
돌아오지 못하고 어느 산자락
피울음 흘리며 죽었을까

신들메 고칠 때마다
오지 못한 그 사람 생각에
산불처럼 휘돌고 싶은
그 봄밤은

바람벽이 벌렁거리고

얇은 가슴팍이 헐떡거리고
붉은 눈 밤을 밝혔으리

이미 세상에서 사라진
옛이야기였나, 그 봄은
그대 가슴에 피던 봄은 아니건만

한 저녁은 오도카니 앉아
붉은 시울 감싸는 어둠에 기대
온 정신을 다 내어놓는다네

목숨, 환한 봄 목련 지듯

우리는 아는지 모르는지
저 화사한 꽃그늘 아래에선 아직도
생멸이 터진다, 생목숨 진다

슬픔을 걷고 돌아서면 또다시 밀려오는 고통
쇳물이 펄펄 끓는 용광로에서, 끝 모를 고공에서, 괴물 같
은 기계 속에서
벌건 대낮에 음침한 일터에서 발버둥 치던 멱
바싹 틀어쥐고 불구덩이로 몰아넣는 산업 궁전에서
단말마도 없이 스러지는 인간사

그들도 정녕 이 땅의 사람이었나
화들짝 놀라, 한 번도 내 삶이 아니었던 그 자리 박차고
나와
거리에서 내뱉는 간절한 울부짖음
들리는가, 절망한 노동자가 울음 범벅으로 악쓰는 소리
사근거리는 어떤 놈의 알랑방귀도 아니고
돈짐이나 지워주겠다는 그런 놈들 살살거리는 소리도 아

니고

　그래, 거대한 산업 궁전의 위용에는 하등 쓰잘데없는
　쇠가 쇠를 갉아먹고 살이 살을 파먹는 듯한 생멱 따는 소리
　그들이 사람이겠느냐

　화려한 돈 무더기 속에서 욕망의 용광로가 끓고 넘치는 한
　노동자 심장에서 증기를 내뿜듯 피를 뿜고 죽어도
　돌아보지 않는, 비정한 개만도 못한 살덩어리들이여
　생멱을 따서 흩뿌린 핏자국 선명한 자리
　오로지 자본을 위하여 눈귀를 막은 악귀들이여
　그들이 죽고 고요한 밤, 거룩한 축배나 드는가

　시궁쥐가 욕망을 갉아 멸망의 구멍을 내는 야심한 밤에도
　살벌한 원혼의 휘파람 소리 솟구치는 신새벽에도
　아, 슬픔을 지우러 꽃놀이 가는 길에도
　봄날 목련 지듯 생멱이 진다, 생목숨 진다

퇴고(推敲)

한 해 다 갈 즈음
기분 좋게 술 나누고 집에 들어와
방바닥에 넘어져 손목이 부러지고 말았다
그날 밤 통증을 참으며 밤을 새우고 병원에 가니
먼저 엑스레이를 찍고 깁스를 하고 수술 날을 잡는다

수술 날엔 다시 엑스레이를 찍고, 수술을 하고
수술 끝나고 또 엑스레이를 찍고
의사는 거듭 부러진 뼈의 안부를 확인한다
퇴원하고 다시 진료할 때도 엑스레이를 먼저 찍고, 또 확
인하고,
병원에서 돌아온 나는 노트북 앞에 앉아
끼적이던 원고를 꺼내놓고
부러진 팔을 뜯어보듯 훑는다

설익은 것들, 가까운 역사는 아직도
뜨건 콧김을 뿜고 있구나
월드컵 열기 속에서 솟구치던 분노,

효순이 미선이가 미군 장갑차에 깔린 그해,

그 미군 부대 때문에 나라 잃은 정부는 대추리 사람들 또 깔아뭉개고,

이라크 용병 내놓아라, 역시 광우병 소를 우리 아가리에 처넣으려 한 미국,

그마저 버거운데

어이없는 사대강 사업에 세금을 퍼 쓰던 정부,

용산 참사를 저지르고도 쌍용차 노동자까지 죽인 정부,

세월호는 결국 미치광이들의 본색을 그대로 드러낸 채 뒤집히고,

더는 참아낼 수 없었던 분노 촛불을 밝히고,

길거리 싸움으로 대통령을 탄핵하고, 촛불 혁명을 이뤘으나

아직, 분노에 뛰쳐나간 뼈들은 제자리 찾지 못하고

덜그럭거리며 살아 있구나

나는 이 역사를 언제 쓸 것인가

성실하게 엑스레이를 찍고 부러진 뼈를 확인하듯

술도 마시지 않은 밤은 머릿속이 하얀데

이 역사의 안부를 언제 들여다볼 것인가

한겨울 봄바람

저리 눈발이 날려서
언 땅을 품고 있어도
봄이야 오지 않겠는가

이 깊은 추위에도
짐승들은 여전히 뜨건 염통으로
제 희망을 꾸릴 동안

한여름 푸르던 것들
깊은 땅에 발가락 꼼지락거리며
제 숨 데우는 것을

눈보라가 아무리 몰아쳐
가난한 집들 해진 벽을 후벼도
그 안에선 또 푸른 꿈들 싱싱하니

겨울은 게 있거라, 찬바람 껴안고
멀리멀리 있거라, 우리는 어느 날
잎이 나고 꽃을 피우고야 말 테니

인민군 묘지 앞에서

한 형제를 서로 돌려세워
뜨겁게 안아줘야 할 가슴에
증오의 총알을 박게 한 제국 일본
추악한 혼으로 이 강토를 강탈하여
아버지와 아들이, 어머니와 며느리가
서로 **뺨**을 갈기게 하던 그 패륜 종족 곁엔
인디언을 몰살하고 남의 땅을 유린한
아메리카가 있지, 그 망령 이 땅에도 남았지
가쓰라―태프트, 이 제국 놈들의 동맹은
우리 형제의 몰살을 획책하고
결국 멍든 가슴 위로 날카로운 가시를 박았으니
불구의 세월, 불구대천의 장막
어떻게 거둘 수 있으려나
언제 떨치고 일어나 서로 안고
지난 세월 걷어버리고
사특한 제국의 혼을 갈가리 찢어버리려나
북조선 김 소위의 무덤 앞에서, 이 중위의 묘비 앞에서
수많은 무명 병사의 죽음 앞에서

삼가 가슴 억누르며

멀리 나는 새 떼를 보노라면

소망의 연 같은 어린 시절 꿈이

새록새록 돋아나는데, 북방을 호령하던 기개

형제여, 그 벅찬 가슴 뜨겁게 차오르는데

언제 이 사슬을 녹이고

맨 가슴으로 안을 수 있으려나

그 어느 봄날에 다시 만나랴
　— 그 거리 떠난 형에게

한파 한 줄기 건너 봄인 듯
날 좋은 날
기어이 떠났다는 부고를 받네

어지러운 땅에 태어나
온몸에 새겼을 부끄러운 역사는
한 치나 나갔는가
한 발이나 내디뎠는가

이 나라 하나의 백성으로 살다가
마음 어지러움 어쩌지 못해
눈 부릅뜬 함성 부르르 떠는 거리에서
가다가 만나고 오다가 만나고

그러다 술잔을 부딪으며 토하는 울분
그래, 서로 등을 두드리고
밤거리나 낮거리나 불을 켜고 살았던

그 생이 별것이더냐
분노가 제 살 뜯어먹고 있을 때
아픔도 모르고 슬픔도 잊고
지극한 마음 하나로

오로지 한 사람으로 살아내기를
암으로 침잠하던 몸 다시 일으키는가 싶더니
할 수 없이 무릎 꿇고야 만 치욕은
잊어야 하리

꼭 이겨야 한다는 다짐 버려야 하리
다만, 한 발 재겨 디딜 앞자리
그곳에 서 있는 빛 하나
다숩게 안으며 숨을 놓으며 나아갈 일

마지막으로 당신이 할 일은
그 어느 봄날 당신의 무덤에 내려가
당신을 안아줘야 할 일

이만큼 살아온 게 얼마나 다행이었느냐고
술 한 잔 부어주어야 할 일

피 끓는 의열단 전사, 폭렬만이 삶이었다
— 약산 김원봉

산에 나는 새
시체 보고 울지 마라
몸은 비록 죽어도
혁명 정신은 살아 있다
— 조선혁명간부학교 〈추도가〉 중에서

조선이여, 산 자의 치욕을 아느냐
억압받고 빼앗긴 삶 들끓는 것만으로 되찾을 수 없어
가슴에 백두의 용암 같은 폭탄을 품고
처음 디딘 길은 오로지 한 길
우리 생명을 칼로 베고 도끼로 끊어 겨레의 멸망을 촉발한
동방의 강도*를 물리치고 조국을 독립시키는 길,
저 구천 나락에 떨어져 신음하는 민족을 구하는 길
삿된 호구(糊口) 짓이나 하려고 조국을 등진 것은 아니었다
일제의 등쌀에 발도 딛지 못할 산하
산으로 물로 서간도로 북간도로 시베리아 황야로 몰려간
것은
불귀의 객이 되고자 함도 아니었다

혼백도 자유로울 수 없는 거대한 감옥에서 노예처럼 사
느니

온갖 악형에 시달리다 불구가 되어 땅에 묻히느니

독립을 못 하면 이 한 몸 살지 않으리라고,

일본을 쫓아내지 못하면 물러서지 않으리라고,

거친 들판으로 내몰린 행장엔 칠가살(七可殺)* 다짐만 백
두 그림자 되었는데

사졸(士卒)감까지 장만한 뒤에야 맞서겠다는 그들과

싸울 준비를 마친 뒤에야, 힘을 키운 뒤에야 적 앞에 나서
겠다는

잠꼬대 같은 미몽에 빠진 그들, 마음에 들지 않는 그들을
물리고

갈팡질팡 어둠 속에서 한 걸음은 아나키스트로 디뎠고,

한 걸음은 공산주의자로 걸었고, 또 한 걸음은 사회주의
자로 뛰었다

김구, 주은래, 손문, 김산, 장개석, 김성숙, 신채호, 등
걸······

이들을 등불 삼아 길을 밝혔으나 여전히 내 아시걸음만

못한 길

　러시아와 중국, 미국, 영국, 프랑스…… 열강의 틈바구니
에서도 머릿속에 남은 건

　내 떠나온 그 자리, 일제에 맞서 의열단으로 다진 그 마음

　조선총독부에, 종로경찰서에, 동양척식회사에, 일본 왕성
에, 조선의 피를 말리는 일제에

　한 줌 뜨거운 핏덩이 같은 폭탄을 던져 폭렬한 동지들의
마음

　내 동포를 폭렬로 전염시켜, 낭떠러지는 구르는 돌처럼
그곳에서만 멈출

　민중과 폭력이 아니면 나아갈 수 없는 그 길을

　각오하고 나아갔다, 민중은 혁명의 본거지이므로

　폭력은 혁명의 유일한 무기이므로*

　강도의 칼 아래 애소(哀訴)하지 마라,

　강도의 비위를 맞추며 그들의 언행을 감싸지 마라!

　강철*로 채찍질하며 그 먼 길 걸어 돌아온 해방된 조국

　정말 꿈같은 날이 왔던가

　그러나 내가 설 자리는 없었다

내 첫걸음을 내려놓을 곳은 없었다

부끄러워 남으로 북으로 헤매다가 서슬 붉은 철조망 아래

꿈인 듯 아닌 듯 누워 율성의 행진곡*에 마지막 숨을 이

으나

길을 잃은 내 혼백은 어디로든 갈 수가 없구나

나는 산처럼[若山]*, 너는 물처럼[若水]*, 또 너는 별처럼[如星]*

맹세하던 그 자리 자취 없고, 바람으로 서성이는 이 산하

치욕은 사라졌는가, 들끓지 못한 외로움은 떨쳐냈는가

아직 일제는 바다 건너 으르렁거리고 미제의 발톱은 어둠

에도 번쩍인다

그리하여 나는 바람 속에서, 피를 뿜으며 소리친다

번개와 같이 소리만 요란한 혁명을 배척하라,

처절하고 씩씩한 혁명의 기록을 완성하라,

그 혁명, 핏덩이 말라붙은 속적삼에 뜨겁게 새겨라!

* 강도 : 일본(日本).

* 칠가살 : 의열단에서 규정한 '칠가살(마땅히 죽여야 할 일곱 가지 대
  상)'은 ① 조선총독 이하 고관, ② 군부 수뇌, ③ 대만 총독, ④ 매국적

(賣國賊), ⑤ 친일파 거두, ⑥ 적의 밀정, ⑦ 반민족적 토호열신(土豪劣紳, 악덕 지주) 등. 항일 운동 단체에서 정한 칠가살은 ① 적의 수괴, ② 매국적, ③ 고등경찰 및 형사, 밀고자, ④ 친일 부호, ⑤ 총독부 관리, ⑥ 불량배, ⑦ 모반자(謀反者) 등 일곱 부류로 조금 다름.

* 민중은 혁명의 본거지, 폭력은 혁명의 유일한 무기 :「조선혁명선언문」에서 가져옴.

* 강철 : 의열단원 이육사의 시「절정」에서.

* 율성의 행진곡 : 의열단원 정율성의 행진곡. 그의 곡으로 〈3·1행진곡〉〈조선해방행진곡〉〈조선인민군행진곡〉〈두만강〉〈연안송가〉〈팔로군행진곡〉 등이 있음

* 약산(若山) : 김원봉.

* 약수(若水) : 김두전. 일제강점기에 항일 사회주의 운동을 주도, 정부 수립 이후에는 국회 내 진보적 소장파 의원들과 함께 평화통일 운동을 전개하려 했다.

* 여성(如星) : 이명건. 일제강점기에 활동한 사회주의 계열 독립운동가, 화가, 정치가, 언론인.

민중적 시쓰기의 바탕
: 낮고 외롭고 서글픈 슬픔의 정념

고명철

1.

낮고 외롭고 서글픈 슬픔의 정념이 짙게 배어든 시를 가만 읊조려본다. 어떤 말 못 할 곡절이 이러한 정념을 시집 곳곳에 흩뿌려놓은 것일까. 김이하 시인의 시집을 음미하는 내내 이 예사롭지 않은 질문이 따라다닌다. 그러면서 불쑥불쑥 고개를 치켜드는 죽음에 관한 정념은 예의 슬픔의 정념이 마련한 틈새로 자리한다. 그리고 바로 이러한 시적 배합과 어울림의 과정에서 김이하 시인의 시적 아우라가 생성된다.

> 저, 저, 저 파도 같은 울음에
> 밀물 같은 검푸른 눈물에
> 가던 길 비틀거리는
> 그 밤 뜬금없는 부고는

내 문간에서 다른 이에게 서둘러 가다 말고
처마에 축 늘어진 전선 줄을 따라
눈물 한 방울 동그랗게 매달아두고는
이내 정신을 추슬러 골목을 돌아나간다
나는 어쩌라고, 그가 떠난 골목을
물끄러미 바라보다 전선 줄에 매달린 동그란 방울이
툭 떨어진 순간, 이미 이 세상이 아니구나
정수리에 차갑게 박히는 그 순간
발밑으로 깊게, 아주 깊게 엎어지려는 목을
끝내 하늘로 꺾고, 하늘을 향하여 눈 치뜨고
눈물을 묻는다, 슬픔을 죽인다
　　　　　　　　　　—「목을 꺾어 슬픔을 죽이다」 전문

　시의 화자 '나'는 누군가의 갑작스런 죽음에 "파도 같은 울음"과 "밀물 같은 검푸른 눈물"의 슬픔에 비틀거린다. '나'의 슬픔은 "전선 줄에 매달린 동그란 방울이/툭 떨어"지는 것으로 대상화되듯, 지상으로 곤두박질쳐 한없이 낮고 음습한 곳으로 스며들어가는 '눈물'로 표상한다. 하지만 예의 주시해야 할 것은 '나'의 슬픔의 정념의 정향(正向)이 지상(또는 지하)으로 하강하는 것의 정반대로 전환되고 있다는 점이다. '나'의 "발밑으로 깊게, 아주 깊게 엎어지려는 목을/끝내 하늘로 꺾고, 하늘을 향하여 눈 치뜨"는 행위에서 단적으로 나타나듯이, 하강하는 슬픔의 정념에 대한 정반대의 시적 대위(對位)를 통해 '나'는 '눈물'과 '슬픔'을 위한 또 다른 별리(別離)의 시적 행위를 수행한

129

다. 그래서인지, "눈물을 묻는다, 슬픔을 죽인다"는 마지막 시
행은 '나'가 그토록 침통해하는, '그'의 죽음과 연관된 어떤 곡
절이 '그'의 생전의 삶과 영원한 이별을 다짐하는 결별이 아니
라 '그'를 향한 내밀한 그리움과 삶의 비의(秘儀)를 함의한 숭고
의 감응력을 미친다. 왜냐하면 '나'와 '그'는 "온몸에 새겨진 슬
픔의 지도"(「슬픔의 지도」)를 공유하고 있는 바, 이들 모두는 저 숱
한 삶의 난경 속에서 처연한 슬픔을 머금은 채 대중가요의 낯
익은 노랫말의 이명처럼 슬픔에 굴하지 않은 삶의 낙천성의
힘마저 벼려냈기 때문이다. 이러한 삶의 굴곡진 도정을 헤아
릴 때 우리는 비로소 다음의 시가 절로 동반하고 있는 슬픔과
아픔의 틈새로 솟구쳐 나오는, 죽음을 넘어 죽음을 살아내는
민중의 낙천성의 힘을 온전히 감응할 수 있다.

> 몸속의 뼈에는 얼마나 무시무시한 가시들이 엉겨 있을까
> 어느 날 그 가시 살을 찢고 나올 텐데
> 커다란 죽창이 되어 솟구칠 텐데
> 그날이 나, 죽는 날이지 싶다
>   —「그날은 머지않다」 부분

　우리들 몸속의 뼈는 날카로운 가시들이 엉겨 있고, "어느 날
그 가시 살을 찢고 나"와 "커다란 죽창이 되어 솟구칠" "그날이
나, 죽는 날이지 싶다"는 도저한 삶의 낙천성의 힘은 김이하의
시세계를 관통하는 중핵 중 하나다. 그만큼 우리들의 삶, 정확
히 말하자면, 우리 시대의 민중의 삶은 시시때때 자신의 생살

을 찢고 나오는 몸속 가시들을 품고 사는데, 그 가시들은 민중 자신의 삶을 파국으로 치닫게 함으로써 생을 위협하는 치명적 흉기가 아니라 역사의 변혁을 향한 죽창으로서 소명을 완수할 터이다.

2.

우리 시문학사를 살펴볼 때, 김이하의 이런 시적 전언이 새로운 것은 아니다. '불의 시대'로 호명되는 1980년대의 반민족·반민중·반인간에 대한 역사 변혁의 주체로서 민중의 활력은 생동감이 넘쳤으며, 각성한 민중의 자기 발견과 그 역사적 전망을 향한 움직임은 오랜 군부독재 시대에 종언을 고한 '87년 체제'를 창출하지 않았던가. 그리고 문민 시대를 통과하면서 형식적 민주주의에 안주하는 사이 21세기를 맞이하였고, 민중의 활력과 역사 변혁의 의지는 전 지구적으로 삽시간 팽배해진 신자유주의에 흡수·용해·동화된 채 지난 시대의 역사의 유산 정도로 여기고 있는 것은 아닌가. 그리하여 21세기 지금-여기에서 민중에 대한 인식과 그 역사적 과제를 상기하는 것 자체가 시대 퇴행적인 것, 자칫 박물지(博物志)를 펼쳐놓은 것으로 간주되기 십상이다. 하지만, 김이하의 시에서 이와 관련하여, 비판적으로 성찰해야 할 것은 민중이 직면하고 있는 우리 시대의 삶과 현실을, 우리가 조급히 안이하게 인식하고 있었던 것은 아닌가 하는, 즉 민중주의에 갇히는 것은 경계

하되 민중적 인식과 민중적 시각을 더욱 벼리지 않은 것에 대한 시인의 냉철한 판단을 간과해서는 곤란하다는 점이다.

> 어이없는 사대강 사업에 세금을 퍼 쓰던 정부,
> 용산 참사를 저지르고도 쌍용차 노동자까지 죽인 정부,
> 세월호는 결국 미치광이들의 본색을 그대로 드러낸 채 뒤집히고,
> 더는 참아낼 수 없었던 분노 촛불을 밝히고,
> 길거리 싸움으로 대통령을 탄핵하고, 촛불 혁명을 이뤘으나
> 아직, 분노에 뛰쳐나간 뼈들은 제자리 찾지 못하고
> 덜그럭거리며 살아 있구나
>
> 나는 이 역사를 언제 쓸 것인가
> 성실하게 엑스레이를 찍고 부러진 뼈를 확인하듯
> 술도 마시지 않은 밤은 머릿속이 하얀데
> 이 역사의 안부를 언제 들여다볼 것인가
> ―「퇴고(推敲)」 부분

물론, 위 시에서 '~것인가'란 의문형에서 알 수 있듯, 21세기에도 여전히 일어나고 있는 반민중적 부정에 대한 시민사회의 민중적 투쟁과 그 일환으로 행해질 시쓰기는 쉽지 않다. 한국은 전 세계사에서 유례 없는 민중의 무혈혁명으로서 '촛불혁명'이 타락한 정권을 축출했으나, 민중의 행복을 보증하는 민주주의 낙토를 일궈내는 일은 참으로 더디기만 하다. 대신, 자고 일어나면, 한층 고용주에 유리해지도록 정교해지고 교활해

진 노동 구조는 20세기 산업화 시대와 크게 다르지 않은 오랜 형식의 산업재해를 노동자에게 배가시킬 뿐만 아니라 21세기 노사 환경에서 새롭게 조장된 중간착취의 지옥도 아래 노동자 민중의 고귀한 희생은 좀처럼 가시질 않는다.

> 슬픔을 걷고 돌아서면 또다시 밀려오는 고통
> 쇳물이 펄펄 끓는 용광로에서, 끝 모를 고공에서, 괴물 같은
> 기계 속에서
> 벌건 대낮에 음침한 일터에서 발버둥 치던 몀
> 바싹 틀어쥐고 불구덩이로 몰아넣는 산업 궁전에서
> 단말마도 없이 스러지는 인간사
>
> 그들도 정녕 이 땅의 사람이었나
> 화들짝 놀라, 한 번도 내 삶이 아니었던 그 자리 박차고 나와
> 거리에서 내뱉는 간절한 울부짖음
> 들리는가, 절망한 노동자가 울음 범벅으로 악쓰는 소리
> 사근거리는 어떤 놈의 알랑방귀도 아니고
> 돈짐이나 지워주겠다는 그런 놈들 살살거리는 소리도 아니고
> 그래, 거대한 산업 궁전의 위용에는 하등 쓰잘데없는
> 쇠가 쇠를 갉아먹고 살이 살을 파먹는 듯한 생멸 따는 소리
> 그들이 사람이겠느냐
> ──「목숨, 환한 봄 목련 지듯」 부분

이렇듯이 김이하의 민중적 시쓰기는 민중과 역사에 대한 염 량세태(炎涼世態)와 거리를 둔 우리 시대의 민중이 겪는 난경을

래디컬하게 응시한다. 그리고 민족문제도 결코 소홀히 여기지 않음을 알 수 있다. 가령, 일제 식민주의에 대한 무장투쟁을 벌인 항일의용군 대장 김원봉의 혁명적 삶을 격정적 어조로 써내려간 「피 끓는 의열단 전사, 폭렬만이 삶이었다」의 경우 반제국주의를 향한 폭력 혁명이 지닌 역사적 정당성을 절규한다. 일제 식민주의에 대한 완전한 역사 청산과 민족의 자주독립을 향한 김원봉의 항일혁명의 의지는 시인의 반식민주의의 시정신으로 되살아난다. 그런가 하면, 「인민군 묘지 앞에서」의 경우 근대 전환기를 맞이하여 한반도를 비롯한 동아시아 식민주의 밀약을 맺은 미국과 일본에 대한 비판적 성찰과, 한국전쟁으로 야기된 민족분단의 상처와 고통을 치유하고자 하는 시인의 감응은 "수많은 무명 병사의 죽음 앞에서/삼가 가슴 억누르며/멀리 나는 새 떼를 보"며 "언제 이 사슬을 녹이고/맨가슴으로 안을 수 있"(「인민군 묘지 앞에서」)을 민족 분단 극복의 시적 염원으로 충일돼 있다.

3.

여기서, 우리는 김이하의 민중적 시쓰기 안팎을 채우고 있는 그리움과 슬픔의 정서를 곰곰 음미해볼 필요가 있다. 그중 시인의 일상의 풍경을 그려내는 두 편의 시, 「그 날개 땅에 묻다」와 「물살을 뒤집어쓰다」는 인상적이다. 시의 부제목에서 알 수 있듯, 시의 화자는 시인이 살고 있는 서울의 홍제천변을 산책하고 있다.

> 작은 다리 하나 지나고
> 또 지나고, 햇살이 지지고 있는 자리
> 개울엔 아직 얼음덩이가 들러붙었는데
> 그 곁에 죽은 왜가리 한 마리
> 고요히 누웠다
>
> 그 수많은 무덤 곁을 지나왔는데도
> 몇 번의 임종을 지켜보았는데도
> 저 미동조차 할 수 없는 풍경은
> 언제나 살이 저리다
>
> ─「그 날개 땅에 묻다」 부분

> 오리 물갈퀴가 갈라놓은 물살은
> 다시 살을 오므리고 결을 잇는다
>
> 뒤집힌 물의 살에서 느껴지는
> 하얀 결기를 보노라면
>
> 세상의 그 어떤 침탈이라도
> 어림없다는 듯 쓸데없다는 듯
>
> ─「물살을 뒤집어쓰다」 부분

시인은 홍제천변을 산책하다 두 풍경을 주목한다. 하나는 왜
가리 한 마리가 죽어 있는 "저 미동조차 할 수 없는 풍경"(「그 날

개 땅에 묻다」)이고, 다른 하나는 "오리 물갈퀴가 갈라놓은 물살",
그 "뒤집힌 물의 살에서 느껴지는/하얀 결기"(「물살을 뒤집어쓰다」)
가 자아내는 풍경이다. 홍제천의 풍경은 시인에게 이처럼 시
체/생기, 죽음/삶, 정지[靜]/움직임[動], 고요/소동 등이 교차하
는 곳인데, 이곳이야말로 천변 존재들에게는 삶의 쟁투가 치
열히 펼쳐지는 삶의 전장(戰場), 달리 말해 우주적 삶의 축소판
인 셈이다. 바로 이곳에서 시인의 그리움과 슬픔의 정서도 실
감을 갖는다.

> 한 생은 쫓기고
> 한 생은 쫓아가고
> 한 생은 느긋한
> 그런 곳이 있다
>
> 왜가리 날아든 개천
> 피라미는 숨다
> 부리는 쫓다
> 그래서 집게 같은 부리에 몸뚱이가 집히고야 마는,
> 잉어는 느긋한 그곳
>
> 월세방 문을 열고 나오며
> 소라게만도 못한 채신머리 어쩌지 못하고
> 부리에 집혀 바둥거리는 피라미를 보면서
> 자본의 아가리에서 버둥대는
> 못난 생을 보는 것이다
> ─「돌아보다 · 1」 전문

쫓고 쫓기며 느긋한 생이 있는 시적 장소는 어디일까. 아마도 이곳은 홍제천일 공산이 크다. 우리는 이미 홍제천이 어떤 곳인지 알고 있으므로, 이곳에서 왜가리와 피라미와 잉어의 쫓고 쫓기는 숨가쁘고 느긋한 삶과 죽음이 교차하는 풍경이 함의한 시적 사유를 함께한 적이 있다. 「돌아보다·1」은 예의 풍경 속 생태계의 속성을 잘 아는 시의 화자의 현실이 고스란히 겹쳐진다. 그리하여 시인을 휘감고 있는 처연한 슬픔과 어떤 근원적인 것을 향한 그리움을 낳도록 한 원인이 "자본의 아가리에서 버둥대는/못난 생"에 대한 자기응시에 맞닿아 있다. 그렇다고 시인이 경제적 어려움에 버둥대는 자신의 모습에 대한 자조감의 열패에 투항한 속수무책의 삶을 사는 것은 아니다. 사진가이기도 한 김이하 시인은 세상살이의 이모저모를 카메라에 기록하는 노동—예술에 진력하면서, 그를 엄습해오는 삶의 질곡과 난경을 그만의 특유의 생의 낙천적 저력으로 이 모든 어려움을 살아낸다. 카메라로 기록하는 일에 몰두하다 기진맥진한 채 집으로 돌아왔으나 언제 그랬냐는 듯 그는 "아직은 또다시 먼 길 떠나도 되겠구나 안도하며/술 한잔 따르며 다녀온 길 생각, 만난 벗들 생각하니/길섶에 지나던 모든 풍경이 눅눅하게 박여 있는 것을/벗하고 나눈 말도 그렁그렁 눈물방울로 스며 있는 것을" 되새김질하면서 "온전히 정신을 차리려 사진기 속 그림"(「정신머리라는 게」)의 사연에 귀 기울인다. 아마도 그는 길 위 타자의 생의 찰나를 기록하면서 생의 그리움과 슬픔의 밑자리에 자리하고 있는 자신의 어머니와 형제

를 비롯한 가족과의 애닯은 정감의 세계도 만났을 터이다(「감잣
국 맛」, 「민들레 어머니」, 「삵이 엄마」, 「잃어버린 봄」).

4.

이와 관련하여, 「어느 겨울밤」이 품고 있는 그리움의 풍경은
"다시 오지 못한 옛 식구들"(「오래전 풍경」)과 소박한 삶을 누리면
서 행복의 구체적 실감이 어떤 것인지를 아름답게 노래한다.

　　한파를 몰고 온 눈은 언제까지 내리려나, 뜻하지 않은 선물
을 받은 양 가슴이 부풀던 그 마음, 함박눈 펑펑 내리면 더욱
포근해지는 이불 속에서 군고구마 껍질을 벗겨 김칫국물과 함
께 먹거나 눈 속에 묻었던 무를 꺼내 달챙이로 긁어 먹던 행복
이 가슴 가득 차오르던 밤이었다

　　밤새 눈은 세상의 길을 막고, 제아무리 도둑이라도 이런 밤
에는 어디 아랫목에 발목을 묻고 마냥 고즈넉한 마을에 발자국
어지럽힐 맘도 다 묻어버린 솜이불 같은 밤이었다

　　달구장 가는 길도 토끼장 가는 길도 어디나 꽝꽝 막히고 나
면 아무도 갈 수 없고 아무도 올 수 없는 빙야(氷野), 임처럼 엎
힌 눈밭에 제 가지를 부러뜨리는 감나무나 혼자 피리를 불어대
는 문풍지나 아무도 외롭지 않고, 다만 포근한 이불에 안겨서
무슨 꿈을 꾸는지, 개도 삵도 소리 없는 밤이었다

밤은 깊어, 깊어도 밤새 뭉텅뭉텅 눈덩이를 끌어 덮는 산도
들도 다만 하얗게 자지러지던, 밤똥이 마려워도 나가지 못하고
방귀만 이불 속에 뿜어 넣던 그런 겨울밤이었다
                                                    —「어느 겨울밤」 전문

  겨울밤이 이토록 푸근하고 훈훈하며 따사로운 기운으로 그
득 채워질 수 있을까. 집 밖은 한파가 몰고 온 함박눈이 내리는
하얀 세상이지만 밤이 깊어 색감의 구분은 무의미하고, 밤새
펑펑 내리는 눈 사위에 온 세상은 경계의 구분이 사라진 채 눈
의 무게를 못 견딘 나뭇가지 부러지는 소리와 문틈 새로 불어
대는 찬바람을 가까스로 막아내는 문풍지의 떨리는 소리가 밤
의 적막과 기막힌 불협화음을 만들어내며, 시의 화자는 포근
한 이불 속에서 군고구마와 김칫국물, 또는 눈 속에 묻었던 무
를 꺼내 소리내 씹는다. 이렇게 겨울밤이 속절없이 깊어가는
동안 미처 소화되지 않은 야참은 "밤똥이 마려워도" 집 밖에서
배설되지 못한 채 소화불량성 방귀를 이불 속으로 얄궂게 퍼
뜨린다. 고백하건대, 비록 삶의 간난(艱難)의 사위에 놓여 있더
라도 그것에 구속되지 않는 우리네 민중의 삶의 포근한 유년
의 풍경을 오롯이 노래하는 「어느 겨울밤」을 읊조리면서 이 시
의 감칠맛에 나도 몇 번이나 방귀를 뀌었는지 모른다.
  그렇다. 시인의 민중적 시쓰기의 바탕은 이런 겨울밤의 풍
경을, 그의 영혼의 카메라에 담았기 때문이 아닐까. 이 겨울밤
풍경은 시인의 그리움과 슬픔의 정서를 감응하는 데 빼놓아서

는 안 될 좋은 시로서 충분하다. 시인으로서 사진가로서 김이하의 노동-예술이 "김현식, 모차르트, 딥퍼플, 휘트니 휴스턴, 패트릭 쥬베, 변진섭, 차이콥스키, 헨델, 조지 윈스턴, 이미자, 스모키, 금과은, 비틀스, 박인희, 블론디, 다이어 스트레이츠, 잉위 맘스턴, 수지 콰트로, 다섯 손가락, 김트리오, 앤 머레이, 데미스 루소스, 조용필……"(「비닐에서 소리를 꺼내다」)의 경계를 자유자재로 넘나드는 삶-예술의 길에서 파안대소의 표정을 짓기를 기대해본다.

高明徹 | 문학평론가, 광운대 교수